Y A DES DAMES

ALBUM EN COULEURS

PAR

PRÉFACE

DE

Willy

A. Guillaume

PARIS

H. SIMONIS EMPIS, ÉDITEUR

21, RUE DES PETITS-CHAMPS, 21

Y a des Dames

DU MÊME AUTEUR

Des Bonshommes (PREMIÈRE SÉRIE), 4ᵉ mille . . . . . 1 album.

P'tites Femmes (5ᵉ mille). . . . . 1 album.

Des Bonshommes (DEUXIÈME SÉRIE), 4ᵉ mille. . . . . 1 album.

Mémoires d'une Glace (6ᵉ mille). . . . . 1 album.

Faut voir (6ᵉ mille) . . . . 1 album.

Mes Campagnes (11ᵉ mille). . . . . 1 album.

Étoiles de Mer (10ᵉ mille) . . . . 1 album.

Almanach Guillaume pour 1896.

Almanach Guillaume pour 1897.

Y A DES DAMES

ALBUM EN COULEURS

PAR

A Guillaume

PRÉFACE

DE

Willy

PARIS

H. SIMONIS EMPIS, ÉDITEUR

21, RUE DES PETITS-CHAMPS, 21

PRÉFACE

Elles tournent d'elles-mêmes, sous le pouce amusé du lecteur, les feuilles de cet album de Guillaume, où les p'tites femmes succèdent aux p'tites femmes, si jolies, presque trop jolies, avec, toutes, un air de famille, — ne pas confondre avec un air familial,

> . . . . . *facies non omnibus una*
> *Nec diversa tamen.* . . .

insinuerais-je sans la crainte de passer pour un poseur, un poseur de latin. 50 de tour de taille, des frisettes partout, également moulées dans de souples étoffes (Liberty, egality) aux plis ondoyants et — naturellement — divers, enclines à révéler les affriolants mystères de leurs dessous griseurs (ô le corylopsis du *Jupon* !), frêles d'aspect mais incroyablement résistantes, capables de supporter sans migraines, après une matinée en bécane, une journée au tennis et une nuit de valse, le plus *dry* des Piper-Heidsieck accompagnant bon souper, bon gîte-à-la-noix..., et le reste! infrangibles corps d'acier en leurs gaines de velours, ces fines mouches s'avèrent aussi fines lames, — et, parfois, la lame use le fourneau.

C'est de ces messieurs que je veux parler. Ils apparaissent moins jolis, silhouettés par Albert Guillaume d'un crayon fin, amusé, sceptique. Fêtards qui ne connurent jamais de pessimiste hantise, la vie qu'ils vivent ne mérite aucun *V* majuscule; émerillonnés, grassouillets, un tantinet chauves, l'intellectualité de ces marcheurs s'accommode des apothéoses aguicheuses qu'on exhibe aux Variétés, — plutôt que des muralisations boulevardières dont M. Paul Desjardins reconnaîtra bientôt la puvisdechavanité; ils connaissent mieux les tables de Maxim's que celles des logarithmes éditées par le sévère Gauthier-Villars et, aux plus triomphales « Sorties » orguanisées par Widor ou Guilmant, préfèrent celle des petites-mains de la rue de la Paix ou de la figuration à Samuel. Ah! ce n'est pas eux que guette l'anémie cérébrale!

Pour la plus grande joie de ces cercleux, Guillaume groupe ses fleurs-de-bateau savamment ébouriffées en un mouvement d'allure verveuse, parfois un peu factice, le plus souvent gai, toujours joli. Car, c'est son *Credo*, il faut — et il suffit — que la Femme soit jolie. Certes, l'auteur d'*Y a des Dames* pourrait, tout comme un autre, châtier les mœurs en grondant, juvénaliser sur les traces de Forain et troquer contre le « fouet de la satire » la houpette dont il poudrederize tant de délicates petites peaux; mais quoi! les ennemis du genre humain ne sont point du tout son fait, et il sait trop qu'à forcer son talent il courrait risque de perdre sa grâce. C'est pour-

quoi il se hâte de rire de tout, sans nul secret désir d'en pleurer,
de rire encore, de rire toujours, — ohé! ohé! — parce que la joie
paillette d'un éclair les yeux bien « faits » et découvre les quenottes
croqueuses brillant dans l'écrin, avivé de carmin, des bouches si
chères à tous ceux qui pratiquent la tenue de lèvres en partie
double.

Tel, — plus artiste que Grévin, moins âpre que Gavarni, —
tel s'affirme Albert Guillaume, suspect aux socialistes, encore
qu'il soit, autant et plus qu'eux, partisan des femmes émancipées,
mais apprécié de ces bonnes classes digérantes dont il fait partie
comme vous, lecteur, lectrice, du moins c'est la grâce que je vous
souhaite,

WILLY.

LE MARI. — J'ai senti comme une langue de feu.
LA DAME. — Tiens, c'est curieux, moi aussi...

DIS MOI CE QUE TU CHANTES, JE TE DIRAI CE QUE TU PEINS

PEINTRE SYMBOLISTE

« C'est pour la peau, dit-il, que je travaille... »

PEINTRE DE NATURE MORTE

« La soupe aux choux se fait dans la marmite,
« Dans la marmite se fait la soupe aux choux, etc. »

PEINTRE EN BATIMENT

« Tu m'as promis ton baiser pour ce soir... »

PAYSAGISTE

« Joli mois de Mai, quand reviendras-tu
« M'apporter des feuilles pour charmer ma vue... »

PEINTRE MILITAIRE

« La cantinière a le tour du cou pas fait comme les autres...
« Elle-l'a-tout-noir... »

PEINTRE DE PORTRAIT

« Mâ-à femme n'a pas
« Ces appas-là... »

LA FEMME PEINTRE

« Au bal ce soir
« Je veux être la plus jolie,
« Voir à mes pieds mille amoureux.

LE SONGE D'UNE NUIT D'HIVER

LA CLASSE !

CE QU'ON NE VOIT PAS AU BAL DE L'OPÉRA

PREMIERS FROIDS

DISCRÉTION

— Voyons, Jean, frappez donc avant d'entrer.
— Oh ! Madame, ça ne me fait rien !

PETIT BLEU

« Je ne veux plus vous voir, je vous expliquerai
pourquoi de vive voix. »

LES ŒUFS DE PAQUES

— L'un fait passer l'autre !

SUR LA JETÉE

— Avez-vous remarqué comme au bord de la mer on a les
lèvres salées ?
— Montrez voir...

L'AGE OÙ L'ON EN REÇOIT

L'AGE OÙ L'ON EN DONNE

CEUX QUI EN REÇOIVENT A TOUS LES AGES

COLIN-MAILLARD

UN CHIEN QUI RAPPORTE

VEUF CONSOLABLE

CHASTE ET FLÉTRI

PARBLEU ! JE LA TIENS CETTE FOIS, LA MÉDAILLE !

CE NE SERA P'TÊTRE BIEN QU'UNE MENTION !

POURVU QUE JE SOIS REÇU !

IMPRIMÉ

PAR

CHAMEROT ET RENOUARD

19, rue des Saints-Pères, 19

PARIS

Clichés de la maison Sgap. — Coloris de la maison Greningaire.